Ouvrage publié avec le soutien de la région Nouvelle Aquitaine.

Bordeaux - France
www.dadoclem.fr

Direction éditoriale : Danica Urbani
Graphisme et mise en page : Anna Griot

Loi n° 49956 du 16 juillet 1949 sur
les publications destinées à la jeunesse.

Dépôt légal : 1er trimestre 2023
ISBN : 978-2-37821-044-1
Imprimé en Union européenne.

Mymi Doinet Anna Griot

AXEL

en voit de toutes les couleurs

DADOCLEM

Chapitre 1

Blanc comme un jour de neige

Ce matin, il y a un grand changement dans ma vie : moi qui ne suis encore jamais allé en classe, je m'apprête à passer mon tout premier jour à l'école Jacques-Prévert.

Ce JP, c'est un auteur qui a écrit de nombreux poèmes, et je viens d'en apprendre un par cœur. Ça parle de peindre une cage avec une porte ouverte et d'attendre patiemment qu'un petit piaf vienne y nicher*.

Sauf que j'aurais du mal à dessiner le

portrait de cet oiseau, car si je traçais son bec puis ses ailes, chaque détail serait de travers !

Ce matin donc, premier jour de classe, et aussi première semaine du mois de novembre. Ce n'est pas encore tout à fait l'hiver. Pourtant, quand j'ouvre à tâtons la fenêtre, l'air glacial me fouette le visage, pire que si j'avais mis ma tête dans le congélateur.

— Il fait moins un dehors, habille-toi chaudement, Axel ! me conseille Tatiana, ma belle-mère, dont la voix résonne de la rue.

Pour Tatiana, ce froid polaire n'a rien d'extraordinaire. La compagne de papa est née en Russie. Elle y a même été danseuse au Bolchoï, le célèbre théâtre de la ville de Moscou. Autrement dit, Tatiana s'y connaît autant en verglas qu'en entrechats ! Je m'empresse de refermer la fenêtre, et marche treize pas de mon lit jusqu'à la salle de bains.

Quelques minutes plus tard, douché, rincé, je m'essuie avec ma serviette, m'y enveloppe façon momie, et retourne dans ma chambre en effectuant exactement le même nombre de pas.

Dans mon armoire, je saisis sur la pile de gauche le pull le plus chaud, celui dont je reconnais sous mes doigts les mailles tricotées en grosse laine. Je le mets par-dessus mon tee-shirt, puis je prends mon slip et mon pantalon sur la pile de droite, plus mes chaussettes rangées au milieu. J'enfile le tout et me baisse pour chausser mes baskets à scratchs. Leurs crissements alertent aussitôt Junior, mon labrador.

Assis sur mon lit, je le salue :
— Bonjour, brave truffe !
Pour unique réponse, mon Juju prend appui des deux pattes avant sur mes genoux et me lessive le visage. Vingt-neuf kilos de tendresse matinale : ma journée commence archi-baveuse !

La bonne humeur de mon chien est contagieuse, d'autant que ce matin, je

positive en chantant la chanson que j'ai créée hier en m'accompagnant à la guitare : Moi, je voyage dans ma tête,
avec mon avion à roulettes.
Moi, je voyage sans souci,
au-dessus de la Sibérie,
et puis de Paris aus...

La sonnerie de mon réveil me coupe le sifflet. Sept heures déjà. Escorté par Junior, je passe du premier étage au rez-de-chaussée, et me dirige direct dans la cuisine.

Ça sent le pain grillé, le café, les oranges pressées et la colle. L'odeur de la glu vient de chez Maurice, mon père, son atelier-boutique étant situé juste à côté. Papa est luthier. Dans le quartier, on l'appelle « monsieur Mozart », ce qui est mérité : mon père fabrique et répare des instruments de musique à cordes pour des clients venus du monde entier.

Je bois mon verre de jus d'orange. Le café, c'est pour Tatiana et papa. Il me demande :

— Tu veux combien de toasts, mon grand ?
— Trois, avec du beurre salé, s'il te plaît, p'pa ! J'entends la lame de son couteau qui frotte le pain grillé.

Bien rassasié, me voilà prêt à sortir. J'ai ma doudoune, mon bonnet, mon écharpe, mon sac à dos, et puis, il y a toi, ma Joséphine. Patience, je ferai bientôt les présentations.

Je m'apprête à filer. Aucune rue à traverser, uniquement des trottoirs à contourner : pour me repérer, j'ai parcouru plusieurs fois le trajet avec Tatiana. Elle s'inquiète cependant pour moi :
— Ça va aller, Axel ? Cette nuit, il est tombé beaucoup de flocons.
— Pas de souci, Tatia, je prends appui

sur Joséphine !

Ça craque sous mes baskets, comme si je piétinais du sucre glace, signe qu'aujourd'hui, c'est effectivement un jour blanc de neige sur la ville.

Savoir distinguer les couleurs, c'est aussi à Tatiana que je le dois. Sentir étant ma façon à moi de voir, elle m'a appris à identifier le blanc en l'associant à l'odeur du lait et des fleurs de lys. Et puis, également blanche comme toi, ma Joséphine : ça, je le sais par papa qui, un jour, t'a décrite en comparant ta blancheur à celle de la crème à la vanille.

Nous tournons à gauche. Ici, ça sent les croissants, preuve que nous longeons la boulangerie. Trente enjambées de plus, et nous voici face à l'école Jacques-Prévert.

Tous ces comptages depuis mon réveil n'ont pas été de trop, car ce n'est ni un tic ni un toc : moi, Axel, 1,30 mètre, bientôt 9 ans, je suis juste un peu différent...

* « Pour faire le portrait d'un oiseau », poème de Jacques Prévert.

Chapitre 2

Bleu comme le rire de Zoé-Zélie

Je suis aveugle de naissance. C'est ainsi, c'est ma vie.

Prête à me guider, une main prend soudain la mienne, et une voix enjouée m'accueille par mon prénom :
— Salut, Axel ! Je m'appelle Zoé-Zélie. Je suis déléguée de classe et missionnée pour te piloter, car ici, c'est un vrai labyrinthe !

Je remarque immédiatement :
— Merci, Zoé-Zélie ! Double Z, tes parents ont fait très fort en t'appelant comme ça.

— Mon nom de famille étant Zéphyr, j'ai même hérité d'un triple Z dès le départ !

Ce qui intrigue d'emblée Zoé-Zélie, c'est que je fasse ma rentrée en plein mois de novembre. Elle cherche tout de suite à en savoir davantage :

— D'aucun ! Jusqu'à cet été, je vivais à 600 kilomètres d'ici, près de Lille, mais je n'allais pas en classe. Du CP au mois dernier, c'est Tatiana, ma belle-mère, qui m'a fait l'école à la maison. Courant octobre, elle a été contactée par une grande compagnie de ballet. On a dû rapidement nous organiser autrement !

— Tu veux dire que ta belle-mère est ballerine ?

— Mieux que ça : elle a été danseuse étoile !

Je sens que Zoé-Zélie est épatée. J'ajoute :

— Il y a trois ans, Tatiana a eu un accident de voiture. Elle a dû cesser ses pointes à haute dose. Maintenant, elle est prof de danse et chorégraphe.

Zoé-Zélie en déduit :
– Tu me parles de ta belle-mère parce que tes parents ont divorcé ?
En confiance, j'en révèle un peu plus :
– Non ! Ma mère est morte quand j'avais 5 ans. Quelques mois après, Tatiana est arrivée petit à petit dans la vie de papa… et dans la mienne aussi : après avoir fait une tournée en France, elle s'y est installée.

Plus nous échangeons, plus je perçois que Zoé-Zélie est émue par mes confidences. Sans attendre, je décide de partager d'autres souvenirs avec elle :
– Maman était vétérinaire. Elle a soigné des dizaines de chiens, de chats, et une quantité de NAC aussi.
– Des quoi ?

— Des nouveaux animaux de compagnie, tels que des rats et des caméléons. Un soir de décembre, ma mère a entendu de faibles jappements venant de dehors. Derrière la porte, un chiot tremblotait. Il portait un collier mais sans aucune indication pour que l'on puisse retrouver ses maîtres. Ce chien, nous l'avons adopté : c'est Junior, mon labrador, mon complice baveux depuis quatre ans.

Zoé-Zélie continue ensuite à me piloter dans les couloirs.
Soudain, elle stoppe net.
— Nous sommes arrivés dans notre classe, Axel ! Le prof, lui, fait toujours son entrée vingt secondes après la sonnerie. Voilà pourquoi on peut dire que

monsieur Raoul Tambourin est réglé comme du papier à musique !
Je souris :
— Normal, puisqu'il porte un nom d'instrument !
Je m'informe sur son look :
— Tu peux me dire à quoi il ressemble ?
Zoé-Zélie me le décrit :
— D'abord, monsieur Tambourin n'a pas un cheveu sur le caillou.
Je souris encore :
— Il est donc chauve comme mon genou !

Ma remarque déclenche chez Zoé-Zélie un rire en cascade, son que je marie à la teinte bleue des vagues, car j'associe cette couleur à la senteur et au bruit de la mer.

Ma guide complète ensuite sa description :
— Et notre instit se présente toujours avec un costard. Autre signe particulier : il égaye sa chemise d'un nœud papillon. Il en change chaque jour, à croire qu'il en a au moins trois cent soixante-cinq, voire trois cent soixante-six ! Autre caractéristique : notre prof est accompagné de Ben et Nuts, deux amours de chiens de race Jack Russell.

Pendant les cours, ils restent près de son bureau, tantôt éveillés, le plus souvent ronflotant. Tout en papotant, Zoé-Zélie me conduit jusqu'à ma chaise :

— Tu es plein centre au premier rang, juste à côté de moi, qui suis à ta gauche. Les autres élèves arrivent. On a dû leur annoncer ma venue, car eux aussi connaissent mon prénom.

Une voix résonne tout près de mes oreilles :
— Bonjour, Axel ! Je m'appelle Charlie avec un « i » et un « e », comme le héros du roman avec le gars de la chocolaterie**, sauf que moi, j'aime pas le chocolat, ni les sucrer...
— Des sucreries, j'en mangerais même avec des frites ! l'interrompt une voix mastiquant quelque chose.

Puis l'accro aux confiseries se présente :
— Moi, je suis Souleymane, le fils des boulangers d'à côté. C'est mon père qui

fournit la cantine en baguettes et parfois en chouquettes.

Deux autres voix me saluent en stéréo :
— Salut, Axel. Nous, c'est Roxane et Romy, les jumelles !

Zoé-Zélie me précise :
— D'accord sur rien, les frangines se chicanent sans cesse, mais on les adore.

Ce matin, elles sont vêtues chacune d'une salopette imprimée de tranches de fruits.
— Des melons ! indique Romy.
— N'importe quoi, ce sont des pastèques ! la corrige Roxane.

Quelqu'un coupe court à la mini-querelle des deux sœurs :

Nous sommes arrivés dans notre classe !
Je m'appelle Charlie avec un " I " et un " E " !
Moi je suis Souleymane, le fils des boulangers d'à côté.

Salut Axel, nous c'est Roxane et Romy, les jumelles !
Moi c'est Madison. I come from New-York !
Moi, je m'appelle Lilas, comme la fleur.

— Hello, Axel. Moi, c'est Jacky, ton voisin du bout du rang !
Souleymane ajoute :
— Jacky surnommé Wikipédia, plus exactement Wiki Jacky, car il est incollable quel que soit le sujet !
Un accent américain intervient :
— Hey, Axel ! Moi, c'est Madison. *I come from New York !*

Une intonation haut perchée s'en mêle :
— Moi, je m'appelle Lilas, comme la fleur. Enfin, tu vois ce que je veux dire, Axel.
De toute évidence, Lilas est une gaffeuse de compétition. Je fais comme si de rien n'était, et énonce ce que m'a appris Tatiana concernant cette couleur :
— Oui, je vois tout à fait ce que tu veux dire : lilas comme les fleurs qui sentent

le printemps !

Ensuite, pile vingt secondes après la sonnerie, notre instit débarque. Il m'accueille, fort enthousiaste :
— Bienvenue parmi nous, Axel !
Sa voix tourne aussitôt en boucle dans mes neurones : je l'ai déjà entendue, mais où ? Quand ? À quelle occasion ? Au même instant, alors que je cogite, de brefs coups de langue lèchent mes mains. Ça, ce sont les salutations de Ben et Nuts. Les chiens de monsieur Tambourin ont dû renifler l'odeur de Junior imprégnée sur moi.

Pendant que notre instit fait l'appel pour la cantine, je tente de me rappeler où j'ai bien pu déjà le croiser. Et je me demande comment est son nœud papillon, ce matin.

À croire que Zoé-Zélie lit dans mes pensées, elle murmure aussitôt :
— Ce lundi, monsieur Tambourin a un nœud pap imprimé de fleurs bizarres.
Wiki Jacky ramène sa science :
— Ce sont des edelweiss ! Ces plantes des montagnes poussent jusqu'à 3 400 mètres d'altitude. On les appelle aussi « étoiles des glaciers ».

Notre instit a surpris nos chuchotements. Il m'interroge :
— Je peux savoir ce qui te rend d'entrée de jeu si bavard, Axel ?
Tss ! C'est étrange comme sa voix me hante. Je trouve cependant comment

lui répondre :

— Je voulais juste vous demander si je pouvais garder Joséphine près de moi...

** « Charlie et la chocolaterie », roman de Roald Dahl.

Chapitre 3

Orange comme ma chanson vitaminée

Joséphine, c'est ma canne blanche, bien sûr. Dans ma vie, il y a une autre Joséphine : ma grand-mère paternelle. La mère de papa est championne en crèmes trop brûlées, oui, nulle en cuisine, mamie Joséphine ! Cependant, il y a un domaine où elle excelle : grand-mère est une immense cinéaste animalière. Au cours de ses

reportages, elle n'a pas craint d'aller filmer la panthère des neiges au Tibet, et elle a vécu une dizaine d'années au Gabon à observer les chimpanzés. Voilà pourquoi j'ai donné son prénom à ma canne, car dans son genre, c'est aussi une fidèle voyageuse prête à me suivre loin !

Monsieur Tambourin me conseille :
— Tu peux laisser ta canne à tes pieds, pour l'avoir toujours à portée de main !
La bonne blague : notre instituteur a dû faire l'école du rire.

La suite me prouve que ses cours n'engendrent pas l'ennui : notre prof nous demande de sortir cahier et stylo, et d'écrire les paroles d'une chanson de notre invention.

Zoé-Zélie s'inquiète pour moi :
— Comment vas-tu faire pour écrire, Axel ?
— Je compte sur Macha pour m'aider !
— C'est ton AVS, Macha ? Si c'est le cas, elle a eu une panne d'oreiller, ce matin !
— Non, je n'ai pas d'auxiliaire de vie scolaire. Macha, la voici !
Je sors de mon sac à dos ma machine à écrire, un pur concentré de technologie : équipée d'une fonction à commande vocale, Macha peut retranscrire

par écrit tout ce que je lui dicte, même ce que je lui énonce à voix basse !

Zoé-Zélie remarque :
— C'est une manie chez toi de donner des prénoms aux objets.
— Rien ne t'empêche d'en faire autant. Tu peux appeler ton stylo Paolo ou tes baskets Bernadette !
Je murmure ensuite :
— Chut ! Nos bavardages vont finir une fois de plus par énerver Raoul !

Ça ne loupe pas, notre instit intervient :
— J'aimerais un peu plus de concentration au premier rang !
Et voilà que ça recommence. Sa voix m'intrigue, mais en vain, aucun indice la concernant ne me vient.

Pendant ce temps, la classe se concentre. Derrière moi, j'entends Madison chantonner en anglais :

We all live in a big yellow flower,
a beautiful yellow flower…

Ses paroles me rappellent une chanson des Beatles qu'adore écouter mamie Joséphine. Connaissant pas mal de mots en anglais, je traduis la chansonnette de Madison au fur et à mesure dans ma tête :

Nous vivons tous dans une grande
fleur jaune,
une belle fleur jaune…

Et je m'imagine un instant sentant des bouquets jaunes, couleur que j'associe à l'odeur du mimosa et à celle des pastilles au citron contre la toux.

Puis avec sa voix grave de presque baryton, j'entends Charlie, qui répète ses couplets :

Un jour, je jouerai du cornet à piston,
même si tu préfères le son du violon,
j'en jouerai à la reine d'Angleterre,
et à tous les dirigeants de la Terre !

Des pas se rapprochent, et monsieur Tambourin murmure à Charlie :

— Tu es têtu avec cet instrument !

Bizarre, cette remarque ! Ils se connaissent donc tant que ça, tous les deux ?

Au bout du rang, je distingue ensuite la voix saccadée de Wiki Jacky qui s'exprime tel un robot :

Pas besoin de dico,
j'ai appris tous les mots,

je sais où se trouve Zanzibar,
et qui était le père Fouettard !
Je connais l'épopée du cheval de Troie,
et où se situe la vallée des Rois !

Les frangines, elles, se chamaillent. Roxane tempête :

– Romy, hors de question que nous chantions le couplet des sœurs jumelles nées sous le signe des Gémeaux comme dans le vieux film « Les demoiselles de Rochefort », car nous, nous sommes de février ! Écoute ce refrain, il nous correspond bien :

On est nées sous le signe des Poissons,
comme des millions de saumons,
et les sardines qui nagent à reculons !

Romy complète les paroles de sa sœur :

On est nées sous le signe des Poissons,

comme des millions de goujons,
qui plongent en tournant en rond !

Souleymane, lui, fredonne en mode glouton :

Je veux des barbes à papa,
des tonnes de nougat,
des caramels au beurre salé,
et des sucettes à la confiture de lait !

Autres sons venant de Lilas. Aïe ! Elle chante faux, j'ai limite les oreilles qui saignent en l'écoutant. Mais Lilas s'y croit :

Mes mots sortent de ma bouche,
tout seuls,
do, ré, mi, fa, fa, do, sol !
Oui, il faut bien que je l'avoue,
mes phrases ne tiennent pas
toujours debout.

Zoé-Zélie, elle, fredonne sans notes bancales :

Peu importe la météo,
il peut bien tomber de l'eau,
mes baskets dansent,
sous la pluie en cadence !

Quant à moi, mes rimes ont un goût acidulé :

Chaque matin dans la cuisine,
c'est l'heure des oranges sanguines,
aux mille et une vitamines !
Leur jus coule en gouttes fines,
jusque dans mes orteils,
pour me sortir de mon sommeil !

Je chuchote à Zoé-Zélie :

— Dommage, je n'ai pas ma guitare pour m'accompagner !

— Je parie que c'est Balthazar, son petit nom !
— Presque. Pour rigoler, je l'appelle Bernard !
Après nous avoir écoutés, monsieur Raoul Tambourin nous encourage :
— Tous réunis, nous pourrions former une chorale… sauf que toi, Lilas, il va falloir que tu t'améliores. Ma cocotte-minute siffle plus juste que toi !

La voix de mon instit me préoccupe de nouveau. Ça me prend la tête à la longue. Zoé-Zélie perçoit mon trouble :
— Quelque chose te tracasse, Axel ?
Je n'ai pas envie de lui répondre. J'anticipe ce qu'elle pourrait argumenter : beaucoup de personnes ont des voix qui se ressemblent, pas besoin de s'en faire

pour ça !

Et puis, voilà la récré. Avant la sonnerie, Raoul Tambourin nous demande de ne pas nous précipiter dans la cour et d'attendre en classe. Je l'entends ouvrir la porte et s'éclipser, suivi par ses chiens dont les bruits provoqués par leurs griffes résonnent comme des pattes de nains sur le parquet du couloir.

Deux minutes après, la porte grince.
Zoé-Zélie chuchote en prenant un ton ébahi :
— Ça alors, j'y crois pas, Axel ! Notre instit a ôté son costard. Il porte un blouson de cuir et un pantalon clouté, style rockeur, et il tient un violon électrique qu'il vient de brancher sur un ampli.

Trois secondes plus tard, monsieur Tambourin fait résonner les cordes, et accompagné de ses deux toutous choristes qui aboient en duo, Raoul interprète l'air de « Sur la Lune » chanté par Bigflo et Oli…

Chapitre 4

Vert comme un sapin rouge

La voix de Raoul Tambourin demeure une énigme pour moi ! Nous voici déjà le dernier vendredi avant les vacances de Noël.

Guy, le cuisinier de la cantine, que nous avons rebaptisé Guimauve, a mijoté un repas de « presque réveillon ».
Nous en sommes au dessert, lorsque Zoé-Zélie m'informe de ce qui vient de se produire dans le réfectoire :
— On est plongé dans l'obscurité, Axel !
J'en déduis :
— Tu crois que les plombs ont pét...

Lilas me coupe la parole et rouspète :
— C'est quoi, ce délire ? On aura tout vu !

Monsieur Tambourin intervient :
— Un peu d'attention ! Vous êtes dans les mêmes conditions qu'Axel : en dégustant votre dessert sans le voir, il va falloir que vous fassiez travailler votre mémoire olfactive.
Madison n'a pas compris :
— Ça veut dire quoi, le mémoire olfactif ?
Wiki Jacky décode le pourquoi du comment :
— Ce sont les différentes saveurs que tu as déjà goûtées et que ton cerveau a mémorisées !
— Comme les épinards qui sentent la bouse ! poursuit Wiki Jacky en riant.
— Ou le chamallow ramollo qui colle aux

dents ! ajoute Roxane.
— Erreur : tu parles de la texture, pas de la saveur ! la titille à juste titre Romy.

Pendant ce temps, Guimauve nous invite à boire le contenu de notre verre. Je saisis le mien en allongeant mon bras droit dans l'obscurité. C'est du quotidien pour moi, ce qui n'est pas le cas pour Lilas ! Son coude entre en collision avec mon poignet gauche. Elle renverse sa boisson et soupire :
— La manche de mon pull est à tordre !
J'approche le verre de ma bouche et bois une gorgée. Quelle épice parfume ce breuvage ? J'hésite. Ensuite, nous savourons le contenu de notre assiette. Lilas ne râle plus et se régale la bouche pleine :

— Ch'est de la glache pluche de la meringue achurément...
Avec un père boulanger-pâtissier, Souleymane s'y connaît :
— Non, ça a la consistance des macarons !
Les jumelles se contredisent, comme d'habitude :
— Ce sont des macarons fourrés au pamplemousse ! affirme Romy.
— Pas du tout, ce sont des macarons aux fruits de la passion ! décrète Roxane.

J'entends alors monsieur Tambourin s'adresser à mi-voix à Charlie :
— Tu as reconnu de quels fruits il s'agit ? On en a mangé dimanche dernier !
Une fois encore, je remarque que notre prof et Charlie ont un lien.

Soudain, Guimauve s'en mêle :
— Que la lumière soit !
Puis il nous révèle ses secrets de « Top Chef ».
— Vous venez de savourer mon dessert rouge de Noël : en boisson, vous avez bu un cocktail composé de jus de raisin, d'une cuillerée de miel et d'une pincée de cannelle !
Mais oui, c'était ça, l'épice : de la cannelle, qui parfume aussi les pains d'épice limite toujours cramés de mamie Joséphine !

Guimauve poursuit ses explications.
— Puis vous avez dégusté une bûche glacée, rouge elle aussi, à la fraise et décorée de macarons à la cerise !

J'en profite pour lister dans ma tête tout ce que Tatiana m'a appris à classer comme étant écarlate : rouge comme la saveur des tomates mûres, et puis, ça, c'est papa qui me l'a dit, rouge comme la voiture de grand-mère qui ne conduit pourtant pas une Ferrari.

J'entends Charlie tousser. J'ai bien envie de lui demander ce qui le lie à monsieur Tambourin. Il ne m'en laisse pas le temps :
— Pour moi, qui déteste le goût sucré, le dessert que nous avons mangé était

vert, tout comme la cape de Superman !
Oups ! Là, Charlie m'embrouille. Il s'en aperçoit et me rassure :
— Ne t'inquiète pas, Axel, j'ai une perception des couleurs spéciale : je suis daltonien !

Chapitre 5

Doré comme le cœur de maman

23 décembre, veille du réveillon de Noël. De ma chambre, je sens l'odeur des marrons glacés confectionnés dans la cuisine par papa. Chaque année, mon père délaisse durant quelques heures la réparation de ses instruments de musique pour devenir le meilleur des confiseurs.

Pendant ce temps, allongé sur mon lit, je lis en braille les aventures de Croc-Blanc. Me voilà en totale immersion auprès d'un jeune loup arctique qui apprend à survivre dans le cercle polaire. Je bâille une, deux, trois fois, lorsqu'un

mélange fruité fleuri de mangue et de pétales de lys flotte jusqu'à mes narines. Surprenant que ça sente de tels arômes en plein pôle Nord. Ma tête tourne… Ça alors ! C'est l'odeur douce et sucrée du parfum que portait maman ! Et je n'ose y croire : elle me prend la main et me murmure :
— Installe-toi près de moi, mon petit ange !

J'en frissonne plus que Croc-Blanc au milieu des congères ! Pourtant, je n'hallucine pas : adieu banquise ! Je suis assis à côté de ma mère dans sa salle de vétérinaire où ça sent le désinfectant…

Maman me détaille les soins qu'elle est en train de prodiguer à un chaton miaulant plaintivement. En quelques secondes, elle parvient à calmer le jeune félin :

— Du calme, graine de lionceau ! Tu as une ronce plantée dans le coussinet de ta patte avant droite. Ne bouge pas, je vais l'ôter avec ma pince à épiler. Voilà, c'est déjà fini !

Le jeune siamois miaule encore, mais différemment. Ses cris brefs ressemblent à des remerciements.

Maman conseille ensuite à madame Rubis, qui est la maîtresse du chaton et mon ophtalmo aussi :

— Pour que sa blessure cicatrise, il faudra garder votre mistigri deux jours à l'abri.

Ma mère parle ensuite de moi :

— Grâce à vos gouttes aux fleurs de bleuet, les yeux d'Axel sont moins secs. Et je suis fière de lui : à 5 ans, mon fils a l'oreille si musicale qu'il joue déjà plusieurs airs sur son xylophone !

Je lui souffle :
- Non, m'man ! C'est 9 ans que je vais avoir dans quelques semaines, et maintenant, je joue de la guitare...
Ma mère se penche vers moi. S'ensuivent un bisou sur ma joue gauche et des mots câlins :
— Tu grandis si vite, mon poussin !
Au même instant, quelque chose frôle le bout de mon nez. Je touche l'objet. J'en distingue les contours du bout des doigts : c'est le pendentif en forme de cœur de maman.

Elle me décrit la couleur de son bijou offert par papa pour la Saint-Valentin :

— Il est doré et brille autant qu'une étoile filante dans la galaxie !

Je suis déconnecté, et j'ai l'impression que les heures se sont arrêtées, heureux de me retrouver là sans savoir si nous sommes le matin ou le soir.

Tout à coup, un rugissement retentit, et une forte odeur de fauve picote mes narines. Maman me parle de sa mission en cours : elle bande la patte d'une jeune panthère du genre pas commode.

Je hurle, affolé :

— Au secours, ma mère va se faire déchiqueter !

Alors que je crie,
je valdingue au sol.
Des gouttes coulent de
mon front. Alerté par ma chute,
mon Juju rapplique au galop. Il me
lèche la figure, tandis que Tatiana
accourt à son tour, puis me relève :
— Tu es en sueur, Axel ! Quand tu as glissé de ton lit, tu devais être en plein cauchemar.

C'était donc ça ! Je me rends compte que je me suis endormi en lisant les aventures de Croc-Blanc.

— Tatia, je viens de faire un rêve, serein au début, flippant après : j'étais aux côtés de maman. Elle a d'abord guéri un matou. Puis elle a soigné une panthère, et là, j'ai craint pour sa vie.

Tatiana m'embrasse sur le front et me rassure :

– Quand on pense aux gens disparus que nous avons tant aimés, ils restent pour toujours présent près de nous...

Chapitre 6

Beige comme le pelage de Junior

24 décembre après-midi. Ça sent bon la résine dans le salon. Rien d'étonnant : mamie Joséphine décore le sapin. J'effleure les branches du conifère couvertes de guirlandes aussi duveteuses que des plumes sous mes doigts.

Grand-mère en profite pour me parler de son prochain reportage :

— Après avoir filmé des grands mammifères, je vais tourner un documentaire sur les oiseaux de nos régions.

Quels bavards ! Leurs gazouillis résonnent dès l'aube sous nos fenêtres ! Je suis bien de son avis :
— Ils ont chacun des cris spécifiques. J'ai appris à les différencier sur un CD où vingt chants d'oiseaux sont répertoriés, et je peux te dire qu'une mésange chante non loin d'ici.

Une nouvelle odeur flotte dans l'air, signe que Tatiana prépare sa bûche au chocolat. Je l'aide à touiller les carrés qui fondent au bain-marie avec de la crème, puis je lèche le contenu de la casserole :
— Excellente, cette ganache, Tatia, tu l'as corsée avec quelque chose. Ce n'est pas de la vanille...
Tatiana me confie son astuce :

— J'ai ajouté une goutte de vodka, mais chut ! C'est notre petit secret.

Avec Junior, je rejoins ensuite papa. En expert des instruments patraques, mon père me résume sa matinée et son début d'après-midi :
— J'ai sauvé trois guitares, un violoncelle et un ukulélé !

Juste après que je me suis faufilé avec Juju dans l'arrière-boutique, le carillon de la porte d'entrée de l'atelier tinte.

Quelqu'un entre à pas pressés et implore :
— Bonjour m'sieur Mozart ! Pourriez-vous réparer de toute urgence Edmond ? Ce violon écorche les notes.

Edmond le violon, tiens, tiens... Il n'y a pas que moi qui attribue des prénoms aux objets ! Et puis, cette voix au timbre grave, je l'identifie aussitôt : c'est celle de Charlie ! Il complète sa demande :

— Pourriez-vous aussi restaurer mon

cornet à piston ? Le crochet du petit doigt ne tient plus !

À son ton, j'entends que mon père est embêté :
— Les instruments à cuivre ne sont pas trop ma spécialité !
Charlie insiste :
— Je suis certain que vous allez pouvoir remettre d'aplomb mon cornet. Il me le faut rétabli, sinon je ne pourrai pas participer au show des pères Noël pistache !

Dans ma tête, j'associe immédiatement la couleur pistache à la saveur du fruit auquel elle correspond. Cependant, j'hésite : tout daltonien qu'il est, si ça se trouve, Charlie a voulu parler du show des pères Noël grenadine ou groseille...

Alors que je réfléchis, papa se montre finalement arrangeant. Il conseille à mon bon copain :
— Je vais voir ce que je peux faire. Repasse, mais pas avant 18 heures !
— Merci, m'sieur Mozart, je savais que je pourrais compter sur votre savoir-faire !

Charlie décampe sans se rendre compte que je suis dans les parages. Dommage ! Je lui aurais appris que monsieur Mozart, enfin que Maurice, c'est mon père dont je suis si fier.

Papa se remet à l'ouvrage. Je l'écoute scier, limer, raboter et polir. Il commente ses gestes successifs :
— Edmond, je viens de colmater ta fêlure avec de la colle à bois : te voilà cicatrisé.

Je vais aussi retendre chacune de tes cordes.
Satisfait, papa déclare ensuite au violon :
— Edmond, ton son est redevenu d'une justesse absolue.
J'entends papa qui actionne ensuite son fer à souder. Tout en faisant fondre le métal, il se demande :
— Et toi, cornet à piston, comment te nommes-tu ? Gaston te conviendrait bien ! Deux points de soudure, et ton crochet tient de nouveau pour de bon, Gaston !

Charlie est de retour à 18 heures tapantes, mais pas seul. La voix qui m'obsède tant depuis mon arrivée à l'école Jacques-Prévert retentit. Pourquoi Charlie est-il accompagné de monsieur Tambourin ?

Trois notes résonnent dans l'atelier, et notre instituteur ne tarit pas d'éloges :
— Merci, monsieur Mozart, vous avez redonné sa pleine sonorité à mon violon électrique, vous me sauvez ma soirée ! Sans Edmond, je n'aurais jamais p…

À peine monsieur Tambourin a-t-il entamé ses remerciements que mon Juju couine, jappe, aboie.
Tout en faisant claironner son cornet à piston, Charlie vient de se rendre compte de ma présence.
— C'est fou, Axel, comme ton labrador batifole. Il a même fait pipi sur les bottes de mon p…
Charlie cesse de parler, interrompu

par monsieur Tambourin qui mumure, bouleversé :

- Comme tu as grandi, mais c'est bien toi, brave chien ! Oui, je te reconnais à la minuscule tache émeraude qui scintille dans l'iris de ton œil droit, tel un éclat de pierre précieuse...

Monsieur Tambourin poursuit :

— Tu n'as plus ton collier : il serait devenu trop riquiqui, car ta taille a plus que quintuplé. Quelle allure tu as sous ton pelage beige !

Bien que Tatiana m'ait parlé de cette teinte que j'associe à l'odeur de la chicorée au lait, j'ignorais que le beige soit la couleur de Junior. Cependant, ce qui me sidère bien plus encore, c'est que mon instituteur s'adresse à Junior comme à

une vieille connaissance !
Chamboulé, monsieur Tambourin poursuit :
— Si tu savais comme nous t'avons cherché, Nougat ! Crois-moi, pas un jour sans avoir pensé à toi.
Ça alors, j'ai bien entendu : monsieur Tambourin vient d'appeler mon Juju, Nougat ! Le labrador que nous avons adopté quand il était encore tout chiot, serait donc... enfin, c'est le chien de Raoul !

Mon instit se remémore un tas de souvenirs :
— Chien chou, je m'en souviens comme si c'était hier : il y a cinq ans, nous habitions la région de Douai, et ce vendredi soir glacial d'hiver, quand nous sommes sortis du studio d'enregistrement, ça

verglaçait. Après avoir mis des chaînes aux pneus, j'ai fait le plein de carburant sur l'aire d'autoroute. Puis j'ai bu un café à la station-service pour me réchauffer, et j'ai repris le volant. Mais à l'arrivée, en ouvrant la portière arrière de la voiture, alors que je te croyais endormi, j'ai découvert que ton couffin était vide.

Je réalise
ce qui s'est passé :
Junior, enfin Nougat,
s'est carapaté en douce
pour se dégourdir les pattes
pendant que monsieur Tambourin
équipait ses pneus. Puis ce dernier a repris la route sans se rendre compte que son tout jeune labrador n'était plus à bord. Le chiot a erré durant des heures, peut-être même des jours, de village en ville, et c'est ain-

si qu'il est arrivé grelottant devant le cabinet de véto de maman. Monsieur Tambourin déborde de souvenirs :

— Ce jour-là, je rentrais d'un tournage. J'avais joué dans une pub vantant les mérites de Croc'Miam'Croc, de la nourriture pour jeunes chiens, avec en vedette à mes côtés, toi, mon Nougat, savourant des croquettes !

Là, tout s'éclaire ! Mais oui, bien sûr, voilà où j'ai précédemment entendu la voix de monsieur Tambourin : dans un slogan publicitaire passant en boucle à la télé. Je m'en souviens si bien que je récite la pub à voix haute :

— Je donne Croc'Miam'Croc à mon toutou, pour qu'il devienne musclé comme tout !

Raoul complète :

— Je donne Croc'Miam'Croc à mon chiot, pour qu'il devienne le plus costaud !

Charlie constate :
— Au moment où passait ce spot, tous les gens du quartier t'ont demandé des selfies de toi et de Nougat, papa !
Quoi ? Charlie vient d'appeler monsieur Tambourin « papa » ? Mon bon copain a bien caché son jeu, mais je le comprends : de peur que la classe le traite de chouchou, Charlie n'a jamais fait part de son lien de parenté !

Face à tant de révélations, je déduis :
— Ce qui signifie, Charlie, que Junior a d'abord été votre chien à toi et monsieur Tambourin. Ce même monsieur Tambourin est instituteur, mais

pas que : il est parfois aussi acteur, musicien, et puis surtout, c'est ton père !

Charlie acquiesce :
— Oui, Axel, c'est tout ça à la fois !
Mon cœur se serre, et papa manifeste une tristesse identique à la mienne, concluant :
— Monsieur Tambourin et Charlie, vous allez donc reprendre Junior, enfin Nougat, avec vous ?

Chapitre 7

Rose comme le milk-shake à la framboise

Je ne peux cacher ma peine. Face à mon désarroi, j'entends Charlie qui parle à voix basse avec son père.

Monsieur Tambourin déclare sans plus tarder :

— Quelle émotion de revoir Nougat ! Mais il faut bien reconnaître que nous ne manquons pas de toutous chez nous : Charlie et moi consacrons beaucoup de temps à apprendre les bonnes manières à Ben et Nuts, que nous avons adoptés à la SPA !

Et d'un commun accord avec son fils, mon instituteur m'annonce :

— Nous sommes heureux que Nougat ait trouvé refuge chez toi depuis si longtemps ! Quelle émouvante vie pour lui ! Il a réussi sa plus belle mission : celle d'être ton guide !

Comme pour manifester son accord de vivre pour toujours à mes côtés, Nougat Junior aboie joyeusement et me lessive le visage selon sa baveuse habitude.

Je caresse ses vertèbres formant un collier de perles sous mes doigts, et exprime ma reconnaissance à Charlie et à son père :

— Merci, il est tellement exceptionnel, ce labrador, je l'adore !

Mon bon copain ajoute joyeusement :

— Ce soir, nous vous invitons, toi et ta famille, à notre fête des pères Noël pistache !

Monsieur Tambourin rectifie :

— Charlie veut parler de notre show des pères Noël roses !

La valse des couleurs reprend dans ma tête. Je marie les parfums que j'associe à cette teinte : rose comme l'odeur du milk-shake à la framboise, ou la saveur des loukoums à la rose que mamie Joséphine a rapportés de Turquie après y avoir filmé une tribu de lynx.

Cependant, assez réfléchi sur les teintes, car monsieur Tambourin piaffe d'impatience que nous découvrions son spectacle du réveillon. Il s'exclame avant de s'éclipser avec Charlie :

— Rendez-vous place de la Mairie, au théâtre de la Pleine Lune. Nous comptons sur votre présence pour 20 heures pile !

Deux heures après, nous sommes assis sur les confortables fauteuils en velours. Mamie Joséphine, Tatiana et papa se trouvent à ma droite, ma canne et mon Juju en bout de rang, à ma gauche.

Beaucoup d'élèves sont partis pour les vacances de Noël, mais pas tous ! Juste devant, la plus enjouée des voix résonne : Zoé-Zélie est là !

Je me demande quels habits de fêtes elle porte. Tss ! Elle devance encore mes pensées :
— J'ai assorti ma robe coquelicot avec mon collant à paillettes et mes escarpins rouges comme des nez de clown !

Cinq minutes plus tard, les trois coups retentissent. Silence ! Place au music-hall. Papa me décrit le décor :
— Dix pingouins dansent de façon pataude sur un lac gelé !
— Tu crois que ce sont de vrais oiseaux loués au parc animalier ?
— Bien sûr que non : ce sont des marionnettes à fils. Et le lac gelé est une parfaite imitation en papier alu !

Papa chuchote ensuite :

– Monsieur Tambourin vient d'atterrir sur la scène, vêtu en drôle de père Noël rose. Hissé sur son traîneau fait d'arabesques ressemblant à de gros bretzels, ton instituteur a fière allure. De plus, il est accompagné, non pas par deux rennes, mais par ses chiens, chacun coiffé d'un bonnet de lutin. Et puis, ton prof active son archet sur Edmond que j'ai restauré !

Alors que les notes du violon de Raoul s'élèvent sur l'air de « Douce nuit », mon Juju, spectateur si calme jusque-là, commence à se trémousser comme s'il avait détecté quelque chose d'anormal.

Peu de temps après, une légère odeur me perturbe. Ça sent comme le dissolvant pour ôter le vernis à ongles, ou l'essence, ou...

Dans la minute qui suit, mon malaise s'accroît. L'odeur suspecte finit par me donner la nausée, et Junior gigote comme jamais. Son museau pousse ma jambe gauche puis mon genou droit pour me forcer à quitter mon siège.
Que faire ? Si je me lève, mamie Joséphine, Tatiana et papa penseront que

je déteste ce spectacle, ou que j'ai la gastro… Ça y est ! Mon odorat vient d'identifier l'odeur qui m'insupporte : ça sent le gaz ! Il doit y avoir une énorme fuite dans le secteur. Ils ont le nez bouché dans la salle, ou quoi ? Si je ne donne pas l'alerte dès maintenant, ça va péter, le carnage ! On va tous mourir ! Et je n'entendrai plus jamais le rire en cascade de Zoé-Zélie…

Chapitre 8

Gris comme le brouillard de minuit

Tout à coup, Junior aboie à s'en décrocher la mâchoire, et je crie aussi fort que lui :
— Foncez tous hors de la salle avant que ça explose !
Le spectacle s'arrête. S'ensuit une bruyante bousculade, où chacun se rue à l'extérieur.

Malgré le brouhaha, j'entends papa qui appelle les pompiers sur son portable, juste quand Tatiana et mamie Joséphine me saisissent chacune par une main afin que je ne sois pas renversé par les spectateurs sautant par-dessus les fauteuils. Nous nous précipitons dehors, où tout s'accélère comme dans un film catastrophe, sauf qu'il ne s'agit pas d'une fiction !

Essoufflés, Zoé-Zélie et Charlie nous rejoignent devant l'entrée du théâtre. Mon bon copain imagine le pire :
— C'est un attentat ? On va passer sur BFM ?
— On se croirait dans une série « fin du monde » diffusée sur Netflix ! rétorque Zoé-Zélie.
Ça m'exaspère :
— Arrêtez vos délires ! Vous ne sentez pas l'odeur du gaz à plein nez ?
- Si, maintenant que tu le dis ! hoquette Charlie.

Zoé-Zélie me tient par le bras, et nous courons nous réfugier dans la rue voisine, en compagnie de nos familles et de Junior qui respire de façon saccadée. Au même instant, les sirènes des camions de pompiers retentissent.

Durant les minutes qui suivent, papa mène l'enquête. Il commente l'intervention des soldats du feu :
— Pas besoin qu'ils hissent les grandes échelles ! La fuite vient d'une canalisation qui a rompu au niveau du sous-sol.
Pendant ce temps, monsieur Tambourin déclare :
— The show must go on ! Nous allons continuer notre représentation face à la mairie.

Le spectacle reprend de plus belle sur l'air de « Noël blanc ».
Zoé-Zélie me décrit le numéro suivant :
— Dans un tourbillon de confettis blancs, une reine des neiges vient d'apparaître en dansant sur ses pointes. On dirait… Oui, c'est ta belle-mère, Axel !
Que Tatiana participe au spectacle, ça doit lui rappeler quand elle était la vedette du ballet du *Lac des cygnes* !

Papa me chuchote ensuite :
— Un jeune père Noël sans barbe s'apprête à jouer du cornet à piston. Pas de doute, c'est Charlie.
J'aurais aimé l'accompagner à la guitare. Bernard aurait fait un carton avec Gaston !

Monsieur Tambourin intervient tout de suite après :
— Félicitations, Charlie, épatant ton solo, fiston ! Là, tu m'as convaincu. Les notes de ton cornet sont aussi canon que le son de mon Edmond !
Le père de mon copain poursuit :
— Remercions aussi les pompiers ! Mais force est de reconnaître que leur intervention n'aurait pas été si express sans le flair d'Axel ! Bravo, tu nous as évité la pire des catastrophes !
Je tiens à associer mon fidèle Juju à cet éloge :
— Mon labrador mérite aussi mille compliments !

Un tonnerre d'applaudissements éclate. Puis, des « oh » et des « ah » fusent comme face au bouquet final d'un feu d'artifice. Zoé-Zélie m'en explique la raison :

— Monsieur Tambourin et Charlie viennent de lancer des poignées de confettis dorés : sous la lueur des réverbères, ils scintillent telles des poussières d'astres dans le ciel sombre !

Je pense alors au pendentif de maman et imagine son cœur briller, lui aussi, au milieu des étoiles de cette nuit de Noël. Pour terminer, chacun danse. Je valse et virevolte avec Zoé-Zélie. Grand petit moment de bonheur ! Si près d'elle, je suis en apesanteur.

À minuit, avant de s'éclipser, elle pose un baiser sur mon front. Il est aussi dis-

cret qu'un effleurement d'ailes de papillon, et c'est la première fois qu'une fille m'embrasse ainsi. Alors que mon cœur bat plus vite que d'habitude et que je surfe sur un nuage de douceur, Tatiana interrompt mon rêve éveillé :
— Rentrons, sinon on risque de s'égarer dans l'épais brouillard gris qui commence à envelopper la ville !

J'associe cette teinte à l'odeur de la fumée du feu de cheminée que nous sentons dès que nous sommes de retour à la maison. Place au dîner du réveillon près de l'âtre qui crépite alors que le baiser de Zoé-Zélie reste comme pour toujours sur mon visage.

Soudain, alors que nous nous apprêtons

à déguster marrons glacés et bûche, je me rends compte que j'ai perdu ma Joséphine. Pas ma chère grand-mère, non ! C'est ma canne blanche qui me manque. Elle a dû être piétinée et brisée en mille morceaux dans l'affolement général, au théâtre de la Pleine Lune…

Chapitre 9

Sans couleur comme mes larmes

Les semaines et les mois ont passé.
Ce matin, c'est le premier jour du printemps, date également de mon anniversaire. Hasard troublant : maman est née aussi un 20 mars. Quel âge aurait-elle eu aujourd'hui ? Cinquante ans ? Non, beaucoup moins ! La moitié, 25 ans ? Un peu plus. Je me douche et m'habille tout en réfléchissant.

Le crissement des bandes à scratch de mes baskets alerte Junior. Assis sur ma couette, je le salue :
— Bonjour, bout de museau !

Mon Juju me lèche les joues à triple dose. Sa façon à lui d'être le premier à me souhaiter mon *happy birthday* !

Escorté par mon débarbouilleur, je rejoins ensuite la cuisine où, à mon grand étonnement, pas un mot ni de papa ni de Tatiana pour fêter ce jour historique. Les comiques ! Ils veulent me faire languir un court instant. Je vide mon verre de jus d'orange et patiente.

Les minutes défilent, et rien de plus ne se passe. Même pas la moindre petite brioche pour marquer le coup ! Papa me demande juste :
— Tu veux de la confiture d'abricot sur tes toasts, mon grand ?
— Oui, s'il te plaît, p'pa !

HAPPY BIRTHDAY!
TIC TAC TIC TAC TIC TAC TIC

Un quart d'heure plus tard, toujours rien de festif au programme. Ils ont avalé le calendrier ou quoi ? Je tente tant bien que mal de masquer ma déception, et pars en classe.

Dehors, l'air est printanier. Plus besoin de bonnet, mais j'ai toujours mon écharpe, mon sac à dos sur les épaules, sans oublier toi, Angèle, ma nouvelle canne blanche, à laquelle j'ai donné le même prénom que ma chanteuse préférée à la voix d'ange.

Sous mes baskets, ça fait un bruit de clapotis. Preuve qu'une giboulée torrentielle vient de tomber. Sur la ville, c'est donc un jour rempli de flaques transparentes.

Wiki Jacky m'a expliqué que le transparent n'était pas une couleur, qu'il laissait passer la lumière, transparent comme l'eau minérale, comme ma douche du matin, et comme les vitres.

Veillant à ne pas glisser sur le trottoir ruisselant, je prends appui sur toi, Angèle, et nous tournons à gauche. Ça sent le pain croustillant à peine sorti du four par le père de Souleymane, ce qui prouve que nous passons devant la boulangerie. Je pense alors au gâteau d'anniversaire que je n'aurai pas, car tel que ça se goupille, il sera oublié, lui aussi.

Trente enjambées de plus, et nous voilà devant l'école Jacques-Prévert.

Là, juste avant de franchir les grilles, je craque : ça coule en silence sur mes joues. Je sais que mes larmes sont transparentes, elles aussi, et plus salées que l'eau de mer. Je n'y peux rien, j'éprouve soudain un trop-plein de chagrin. Car moi, Axel, maintenant 1,33 mètre, j'ai aujourd'hui 9 ans, et à part mon cher Juju, personne ne s'en est souvenu…

Chapitre 10

Un arc-en-ciel pour moi

Alors que je viens d'essuyer mes larmes, dès mon arrivée sous le préau, Zoé-Zélie se rend compte de ma tristesse.

— Tu as des soucis, Axel ? Tu sais que tu peux m'en parler.

— Non, tout roule !

Je dois mentir assez mal ! Elle cherche à en savoir davantage.

— Tu sembles pourtant en déprime ! Ce ne serait pas l'anniversaire de ta mère aujourd'hui ? Ça doit être si triste de ne pas pouvoir le lui souhaiter !

Là, Zoé-Zélie me sidère ! Faut-il que nous

soyons sur la même longueur d'onde pour que ma confidente ressente tant de choses ?

Sans me laisser le temps de réagir, elle murmure :
— En tout cas, c'est le mien d'anniv !
Je vais d'étonnement en stupéfaction ! Il n'y a que dans les films hyper-romantiques que l'on rencontre de tels coups du sort : maman, Zoé-Zélie et moi, nous sommes nés le jour du printemps !
Ému par cette triple coïncidence, je bégaye juste :
— Tu... tu es du 20 mars ?
— Oui, il y avait une chance sur trois cent soixante-cinq !

Pendant que nous entrons en classe, jesuis curieux de connaître les souhaits de Zoé-Zélie :

— Qu'aimerais-tu recevoir pour ton anniversaire ?

— Un tour en montgolfière, un chat angora, mon poids en chamal…

— Peux-tu me dire ce qui te rend si bavarde ? l'interpelle en pleine liste notre instit qui vient à peine d'arriver.

Futée, Zoé-Zélie m'implique dans sa réponse :

— Avec Axel, nous nous demandions ce que vous aviez fait de Ben et Nuts. C'est rare qu'ils ne vous accompagnent pas !

— Ils sont chez le toiletteur !

Zoé-Zélie a une question supplémentaire :

— Pourquoi vous laissez-vous pousser la barbe ? Votre rasoir serait-il tombé en

CHAMAL

panne, monsieur Tambourin ?
— Non, je prépare mon look pour ma prochaine pub : je vais interpréter le rôle d'un pirate vantant une marque de poissons panés !

Toujours aussi inattendu, notre prof annonce ensuite :
— Décrivez l'objet magique que vous rêveriez de fabriquer. Vous avez un quart d'heure pour trouver celui qui mériterait de remporter la médaille d'or au célèbre concours Lépine !
Quinze minutes plus tard, Madison est la première à s'exprimer :
— J'adorerais créer un dico avec des mots identiques pour chaque langue. Comme ça, on pourrait tous se comprendre !

Wiki Jacky enchaîne :
— Moi, j'aimerais bricoler un télescope équipé d'un zoom archi-puissant qui nous permettrait d'observer les planètes si lointaines qu'elles ne sont pas encore visibles !
Roxane prend la suite :
— Je voudrais avoir des baskets neuves parce que les miennes sont juste bonnes pour la poubel...
— Ça n'a rien de sensationnel, une paire de chaussures ! la coupe Romy.
Excédée, Roxane rétorque :
— J'ai pas terminé, Romy ! Ces baskets seraient équipées sous chaque semelle d'un moteur propulseur microscopique. À moi tous les podiums aux prochains JO d'athlétisme !

Romy l'asticote :
— Ce serait de la triche, pire que du dopage !
— Ça suffit, vos chamailleries ! s'agace monsieur Tambourin. Et toi, Romy, quelle serait ton invention si exceptionnelle ?
— J'adorerais coudre une robe qui se métamorphoserait en fonction de la météo, en laine dès qu'il ferait froid, en soie dès qu'il ferait chaud !
Roxane prend sa petite revanche :
— Romy, tu ne sais même pas enfiler une aiguille, ça te prendrait trois mille ans pour faire un malheureux ourlet !
Notre prof s'impatiente :
— Stop, les *sisters* ! Et toi, Souleymane, parle-nous de ton projet d'invention.
— J'aimerais concevoir un distributeur

de confiseries qui se rechargerait au fur et à mesure sans avoir à débourser un centime pour obtenir chewing-gums, barres chocolatées et caramels mous.
— Bonjour les caries ! marmonne Lilas.
Puis elle poursuit :
— Moi, mon bon plan serait d'avoir un stylo qui, mieux qu'une calculette, serait capable de résoudre toutes les interros de maths !

Charlie continue :
— Mon bonheur, ce serait de détenir des gants surprenants : dès qu'on les enfilerait, on saurait jouer de n'importe quel instrument aussi bien qu'un virtuose !
Vient le tour de Zoé-Zélie :
- Moi, je voudrais fabriquer une paire de lunettes si perfectionnées qu'Axel

pourrait enfin voir les sept couleurs de l'arc-en-ciel, plus toutes les autres teintes aussi !

Le projet de ma chère voisine me touche ! J'en oublie mon idée d'objet hors normes, et j'annonce :

— Moi, ce n'est pas d'objets stupéfiants que je rêvais ! Ce que je souhaitais, c'était de rencontrer de fantastiques copines et copains, et ça, les amis, auprès de vous, je les ai trouvés, car chacun de vous est mes yeux. Par conséquent, je vous remercie du fond du cœur de m'en faire voir de toutes les couleurs !

Après tant d'émotions, la journée passe : cantine, dictée, explications d'une poésie, celle de Jacques Prévert que je connais déjà par cœur. 16 heures, retour à la maison.

Dehors, en ce premier jour du printemps, la météo s'est radoucie. Le soleil chauffe même mes joues.

En arrivant, reléchouilles de Junior. Ayant un petit creux, je me dirige vers la cuisine, et là, surprise ! Un joyeux comité me fait fête. Tatiana ainsi que papa et mamie Joséphine s'exclament :
— *Happy birthday*, Axel ! Nous avons pen-

sé qu'un goûter d'anniversaire te ferait plaisir, en attendant celui de samedi prochain où nous avons invité ta petite bande.

Les cachottiers ! Ils m'ont bien eu : pommes d'amour confectionnées par papa, œufs de bientôt Pâques de Tatiana, macarons ratés raplapla de grand-mère, que de délices !

Ensuite, devancés par Junior, nous montons dans ma chambre. Des deux mains, je palpe un paquet sur mon lit. Je retire les couches successives de papier qui l'entourent, puis j'essaie de reconnaître à tâtons de quel objet il peut s'agir : mes dix doigts repèrent un manche agrémenté de trois cordes. Le tout se termine en forme de triangle. J'en déduis que c'est un instrument de musique, mais lequel ? Pas une mandoline ni un violoncelle. Je cale.

— C'est une balalaïka que j'ai ramenée

de Russie. Elle appartenait à ma maman qui en jouait pour chaque dessert d'anniversaire ! murmure Tatiana.
Tant d'attentions de ma chère belle-mère me vont droit au cœur. Émus, je murmure juste :
— Merci, Tatia, pour cette balalaïka !
Je passe ensuite la soirée à apprivoiser cet instrument venu de loin : je sens que nous allons être inséparables, toi et moi, mon Anouchka, car tu m'inspires déjà un prénom !

En effleurant tes cordes, je m'empresse de créer le refrain d'une nouvelle chanson, que je dédie à celle qui a laissé un baiser sur mon front. Samedi, pour mon anniversaire bis, je lui fredonnerai ce couplet :

— Zoé-Zélie,
toi ma grand amie,
qui me rend doucement fort,
je crois que je t'adore...

Ce soir, avec mon Juju pour témoin, je suis heureux. Tu vois, où que tu sois, maman, regarde : je ne suis pas triste, j'apprends à jouer de mon Anouchka.

Ça va me prendre un certain temps. Sûr qu'une partie de ma nuit sera blanche… comme l'odeur des premières clochettes du muguet dans la jardinière. Cette année, heureux de vivre comme moi, les brins porte-bonheur ont fleuri avec deux bons mois d'avance !

Ce livre a été écrit dans le cadre du Feuilleton des Incorruptibles.

LE FEUILLETON
DES INCOS

Proposer aux jeunes lecteurs de pénétrer dans les coulisses de la création d'une histoire. C'est cette idée, à la fois simple et novatrice, qui est à l'origine du Feuilleton des Incos, organisé par l'Association Le Prix des Incorruptibles.

Pendant plus de douze semaines, des groupes de lecteurs ont entretenu une correspondance personnalisée avec un auteur.

L'objet de ces échanges ? Un texte posté tous les quinze jours chapitre par chapitre par un écrivain, passablement anxieux à l'idée d'être soumis aux jugements décomplexés des jeunes. Le résultat ? Une histoire commentée et questionnée par des centaines de lecteurs, aussi curieux qu'impitoyables, et autant de débats et échanges, questions existentielles et interrogations futiles, mots doux et bons mots...

Avec la complicité des éditions Dadoclem, le texte a été travaillé comme un manuscrit traditionnel avant de prendre le chemin des presses.

C'est une aventure où l'intime et le collectif se conjuguent et se répondent pour désacraliser l'acte d'écriture, comprendre le processus de publication d'un texte, inciter à la lecture, encourager la réflexion, tisser des liens privilégiés avec un auteur et, pourquoi pas, susciter des vocations...

Association Le Prix des Incorruptibles
01 44 41 97 20
www.lesincos.com

Noms des groupes ayant participé au projet du Feuilleton des Incorruptibles avec Mymi Doinet :

Les lecteurs de l'école élémentaire Leopold Carpe
de Rians (83)

Les lecteurs de l'école élémentaire Schluthfeld
de Strasbourg (67)

Les lecteurs du collège de l'Estran - Charles de Foucault
de Brest (29)

Les lecteurs de l'école Jeannine Manuel
de Paris 15 (75)